Robert Franz

Offener Brief an Eduard Hanslick

Antigonos

Robert Franz

Offener Brief an Eduard Hanslick

Unveränderter Nachdruck der Originalausgabe von 1871.

1. Auflage 2024 | ISBN: 978-3-38641-301-5

Antigonos Verlag ist ein Imprint der Outlook Verlagsgesellschaft mbH.

Verlag: Outlook Verlag GmbH, Zeilweg 44, 60439 Frankfurt, Deutschland
Vertretungsberechtigt: E. Roepke, Zeilweg 44, 60439 Frankfurt, Deutschland
Druck: Libri Plureos GmbH, Friedensallee 273, 22763 Hamburg, Deutschland

OFFENER
BRIEF AN EDUARD HANSLICK.

ÜBER

BEARBEITUNGEN ÄLTERER TONWERKE

NAMENTLICH BACH'SCHER UND HÄNDEL'SCHER
VOCALMUSIK.

VON

ROBERT FRANZ.

LEIPZIG,

VERLAG VON F. E. C. LEUCKART

Constantin Sander.

1871.

Ihr freundliches Intereſſe an meinen Bearbeitungen
Bach'ſcher und Händel'ſcher Tonwerke, giebt mir er-
wünſchte Veranlaſſung, mich über einen Gegenſtand, der
für die Praxis älterer Vocalmuſik von höchſter Wichtig-
keit ſein dürfte, ausführlicher gegen Sie auszuſprechen.
Die Frage, nach welchen Grundſätzen die Bearbeitung des
Accompagnements ſolcher Compoſitionen herzuſtellen ſei,
kann gegenwärtig mit vollem Rechte eine brennende ge-
nannt werden; daher iſt möglicherweiſe dem Einen oder
dem Anderen eine Orientirung über dieſelbe nicht ganz
unwillkommen. Die nachfolgenden Auseinanderſetzungen
ſind als das Reſultat einer Reihe von Erfahrungen, die
ich in dieſer Kunſtangelegenheit machte, zu bezeichnen; —
gerade deſshalb haben ſie vielleicht einigen Werth, wenn
dieſer auch nur in dem Nachweiſe beſtehen ſollte, daſs ich
es an ernſten Anſtrengungen ſchwierigen Aufgaben gegenüber nicht fehlen lieſs. Der perſönliche Charakter, den
meine Darſtellungen an ſich tragen werden, entſchuldigt
hoffentlich die Wahl einer erzählenden Form, der ich
mich um ſo lieber bediene, als ſie die Möglichkeit bietet,
die etwas ſpröde Natur des zu behandelnden Stoffes
zwangloſer handhaben zu können. Demnach referire ich

eines Breiteren, wie ich überhaupt zu jenen Bearbeitungen gekommen bin, welchen praktifchen Bedürfniffen ich mit ihnen zu genügen fuchte und deute nebenbei an, welche künftlerifche Ziele ich mir fteckte.

Neigung, vielleicht auch natürliche Anlage, zogen mich feit Jahren zu Bach's und Händel's Mufik. Mein befcheidener Wirkungskreis in Halle war diefen Be- ftrebungen nicht ganz ungünftig — fie wurden bald der Mittelpunkt der von mir geleiteten Singakademie. Da- mals, ich rede von den erften vierziger Jahren, mufste man fich zu behelfen fuchen, wie es die Verhältniffe gerade mit fich brachten. Händel's Oratorien befchränk- ten fich für uns auf die von Mozart und Mofel bearbei- teten — Bach's Cantaten und Meffen auf die von Marx beforgten Ausgaben. Wir führten die Sachen auf, wie fie die Vorlagen darboten und nahmen naiv genug an, dafs mit ihnen der Inhalt jener Kunftwerke völlig er- fchöpft fei. Zwar machte das Publikum zuweilen grofse Augen, wenn ihm in einer Bach'fchen Cantate ein felt- fames Zwiegefpräch zwifchen Flöte und Contrabafs vor- getragen wurde, oder wenn gar der Continuo einen langen, grämlichen Monolog zum Beften gab — dergleichen focht uns aber weiter nicht an und kam auf Rechnung der guten, alten Zeit, die man hinnehmen zu müffen glaubte, wie fie eben war.

In diefe jugendliche Thätigkeit fielen plötzlich die Ge- fammtausgaben der Bach'fchen, fpäter die der Händel'fchen Werke, den Aufführungen eine Fülle neuen Materials in wohlverbürgten Formen bietend. Da nahmen fich denn freilich Bach's Cantaten ganz anders aus, als bei Marx: überall reiche Bezifferungen, die doch nicht zwecklos vor-

handen fein konnten und auf eine früher geübte Kunft-
praxis beftimmte Rückfchlüffe geftatteten. Meine Zweifel
an der Ausführbarkeit diefer Vorlagen gingen jedoch nicht
tief genug, um mich vom Einftudiren der einen oder der
anderen abzuhalten. Die im Tonfatz ziemlich abgefchloffe-
nen Chöre ftellten fich keineswegs als Hinderniffe dar,
dafür aber die Solonummern, der vielen defekten Stellen
wegen, um fo mehr.

Anfangs griff ich zu einem verzweifelten Mittel, das
man auch jetzt noch vielfach in Anwendung bringt —
ich ftrich munter darauf los, und benutzte höchftens die
Piecen, deren Begleitung Bach einigermafsen vorgefehen
hatte. Auf die Dauer konnte das freilich nicht fo fort-
gehen: einmal wurde der Zufammenhang des Ganzen oft
fehr bedenklich in Frage geftellt und dann ftanden wieder einzelne Arien in gar zu herrlichen Umriffen da, als
dafs man fie ohne Weiteres überfehen durfte — kurzum,
ich entfchlofs mich zu dem Verfuche, ein Accompagnement auszuarbeiten. Zuerft probirte ich es mit accordifchen
Ausführungen, merkte aber fehr bald, dafs damit hier
nicht durchzukommen war: die Harmonien fielen blei-
fchwer in die Bach'fchen Stimmen hinein und fanden nirgends an dem gefchmeidigen Continuo feften Halt: —
ftatt zu unterftützen, hemmten dergleichen Zuthaten nur
den Verlauf. Längere Zeit hielt ich es für ganz unmög-
lich, einen Satz nach Wunfche zu Stande zu bringen und
bedauerte lebhaft, auf manche fein fkizzirte Arie Verzicht
leiften zu müffen.

Eines Tages ging ich jedoch wieder an's Werk, dies-
mal aber mit dem Vorfatze, es der Abwechslung wegen
mit der polyphonen Schreibart zu verfuchen. Und fiehe

da: zu meiner freudigen Ueberrafchung wurde plötzlich Alles lebendig, die Stimmen fchienen nur darauf gewartet zu haben, dafs man fie niederfchriebe und waren offenbar prämeditirt worden. Schnell begriff ich, dafs die Skizzen keineswegs flüchtige Entwürfe feien, fondern ebenfo vollendet und abgefchloffen, wie der übrige wirklich ausgeführte Tonfatz. Indem die alten Meifter diefelben aufzeichneten, fchufen fie zugleich das noch fehlende Stimmgewebe im Geifte mit, und konnten fich wohl um fo mehr darauf verlaffen, es wieder zu finden, als fie gewöhnlich felbft für die Ausführung des Accompagnements Sorge trugen. Es mufs alfo die Hauptaufgabe des Bearbeiters fein, hinter die eigentlichen Abfichten der Autoren zu kommen und denen gemäfs fich zu verhalten: bleibt auch die Reconftruktion aus naheliegenden Gründen für uns ftets problematifch, fo wird doch in fehr vielen Fällen ein Ergebnifs zu gewinnen fein, das mit den Intentionen der Meifter nicht gar zu fehr differirt. Bach's Bezifferungen namentlich dringen oft bis in das kleinfte Detail — es bedarf nur eines fcharfen Auges und einer gefchickten Hand, um dann zuverfichtlich die letzten Entfcheidungen treffen zu können. Demohngeachtet geht die Arbeit nicht überall fo leicht von Statten: manch liebes Mal habe ich Tage lang rathlos vor ein Paar Takten gefeffen und kenne Stücke, die befriedigend zu löfen der gegenwärtigen Kunfttechnik kaum gelingen dürfte.

Der gewonnenen Ueberzeugung gemäfs, dafs hier der polyphone Stil durchfchnittlich vorbedacht fei, galt es nun die verfchiedenartigften Proben anzuftellen: mifsglückte eine Arbeit, fafste ich fie anders an und ruhte nicht eher, bis brauchbare Refultate zum Vorfchein kamen.

Allmählich bildete fich auf diefe Weife eine Methode heraus, die, auf dem Material der Skizzen fufsend, mit deren Beftandtheilen die Ausführung beftreiten lernte. Sowohl in der Struktur des Baffes, als in dem Figurenwerke der Cantilene ftellten fich Momente dar, die fich zu Motivbildungen eigneten und mit denen gearbeitet werden konnte — waren fie nur erft aufgefunden, dann entwickelte fich der weitere Verlauf wie von felbft. Begreiflich genug: der Stil der alten Meifter entfprang aus den einfachften, elementarften Gefetzen — ihren Kunftgebilden liegt ein ganz ähnliches Princip zu Grunde wie das, nach welchem Pflanze, Blüthe und Frucht aus einem Keime emportreiben.

Aber auch die gröfste Formgewandtheit würde noch kein ficheres Gelingen verbürgt haben, wenn fie fich ohne ftete Rückficht auf die der Skizze inwohnende Stimmung hätte durchfetzen wollen: Beides mufste vielmehr Hand in Hand gehen und fich wechfelfeitig unterftützen.

So war ich denn hinfichtlich des Accompagnements der Solofätze ziemlich im Reinen und unterfuchte nun weiter die Chöre. Um nicht unnütze Worte zu verlieren: das Accompagnement hatte faft überall mitzuwirken, und zwar lag in ihm recht eigentlich der Schwerpunkt derartiger Mufik. Ob der mit ihm Betraute an der Orgel, ob er am Cembalo fungirte: er war der Nerv des Ganzen, in ihm vereinigten fich fämmtliche Fäden. —

Es kam alfo vor allen Dingen darauf an, einen Tonfatz herzuftellen, der ungezwungen in die eben vorliegende Compofition pafste, der die Grundftimmung derfelben nicht ftörte, wohl aber ihren Ausdruck hob. Selbftverftändlich

mufste er im Stil und Geift des Meifters gehalten werden — eine Aufgabe, die eine fichere Herrfchaft über
die damaligen Formen vorausfetzte. Die Künfte des ein-
fachen und doppelten Contrapunkts, der Imitation, des
Canons und der Fuge: den Alten waren fie keine Schran-
ken gewefen, der Bearbeiter durfte fich durch diefelben
ebenfalls nicht beengt fühlen.

War ein Tonfatz in diefem Sinne gewonnen, fo han-
delte es fich demnächft um das Material, mit welchem
er dargeftellt werden follte. Zu Bach's und Händel's Zeit
hatte man fich des Cembalo und der Orgel bedient; zuweilen follen fogar zwei Cembali und zwei Orgeln in
Thätigkeit gewefen fein. Abgefehen davon, dafs gegenwärtig Niemand die fehr wichtige Vorfrage, wann jenes
Inftrument und wann diefes mitzuwirken habe, beftimmt
zu entfcheiden vermag, mahnen noch andere Gründe von
einer zu ausgedehnten Anwendung beider ab. Das Cembalo ift im Strome der Zeiten untergegangen und mit
ihm eine Menge contraftirender Klangfarben, die, aus der
Mifchung des 4, 8 und 16-Fufstons entfpringend, ohne
Zweifel überrafchende Wirkungen hervorgebracht haben
mögen. So fehr diefer Verluft zu bedauern ift, wird man
fich ihm doch fügen müffen: fchwerlich ift der heutige
Flügel ein paffendes Aequivalent für das alte Cembalo.
Haben z. B. die Violinen in hohen Tonlagen einen be-
gleitenden Contrapunkt zur Cantilene auszuführen, indem
fie fich dabei nur auf den weit abftehenden Continuo
ftützen, fo werden dergleichen Klangverhältniffe durch
den hinzutretenden Flügel keineswegs ausgeglichen, fondern klaffen noch weit fchneidender auseinander. Unfer
durch das moderne Orchefter verfeinertes Ohr wird aber

mit Recht wider folche Unvollkommenheiten proteftiren und Abhülfe fordern dürfen.

Was nun die Benutzung der Orgel anbelangt, fteht fie wohl bei Aufführungen in der Kirche, weit feltener aber bei denen im Concertfaale zur Verfügung. So lange diefem Uebelftande nicht abgeholfen ift, wird man oft genug auf die Mitwirkung derfelben verzichten müffen. Aber auch noch andere, nicht minder wichtige Gründe fprechen wider einen zu ausgedehnten Gebrauch des mächtigen Inftrumentes: felten ftimmt es rein zum Orchefter, weil feine Temperatur eine gleichfchwebende, die des letzteren dagegen eine ungleichfchwebende ift. Weiter hat fein Ton einen ftarren, unbiegfamen Charakter, der nicht in allen Regiftern leicht anfpricht und durch einen äufserft complicirten Mechanismus hervorgebracht wird.

Diefe Bedenken fchienen mir erheblich genug zu fein, um dem Cembalo und der Orgel beim Accompagnement eine etwas befchränktere Thätigkeit anzuweifen. Erfteres, dem natürlich der Flügel zu fubftituiren war, eignete fich vorzüglich zur Begleitung der Seccorecitative, letztere konnte bei den entfcheidenden Stellen, den etwa noch fehlenden Glanz hinzufügend, als Verftärkungsmittel dienen. Das eigentliche Accompagnement, alfo der aus den Bafsfignaturen gezogene Tonfatz, wurde aber dem Orchefter überwiefen. Diefes hatte ja feitdem an Beweglichkeit, Mannichfaltigkeit und Ausdrucksfähigkeit, Eigenfchaften, die ihm dem früheren Begleitungsmaterial gegenüber eine grofse Ueberlegenheit ficherten, aufserordentlich gewonnen: es lag nahe, von diefen Vorzügen mäfsigen Gebrauch zu machen. — Die Clarinetten und Fagotte empfahlen fich, weil ihre Klangwirkungen fo ziemlich denen

der Orgel entfprachen und fie aufserdem ein treffliches
Mittel zur Ausführung des vierftimmigen Satzes abgaben,
der fich in ungezwungener Natürlichkeit überall einlegen
liefs. Bei Aufführungen war dafür Sorge zu tragen, dies
Bläferquartett in der Nähe des erften Contrabaffes, mit
dem es im genaueften Verkehr ftand, aufzuftellen. So
fchmiegte fich das Begleitungsmaterial elaftifch der Singftimme an und liefs faft vergeffen, dafs es nicht in der
Hand einer Perfon, der des früheren Accompagnenten,
lag. — Die weichen Hörner deckten die Schärfe der
hochgeführten Trompeten, Oboen und Flöten fetzten hin
und wieder feinere Lichter auf und dergleichen mehr. —
Demgemäfs traf ich alfo meine Einrichtungen und
war über den Erfolg, den fie hatten, freudig erftaunt.
Das Orchefter fand fich bald zurecht; die Sänger ge-
wannen an Zuverficht, weil fie von jenem theilnehmend
getragen wurden, und den obligaten Inftrumenten war
eine Unterftützung, die wie ein feiner Kitt weit auseinan-
derliegende Tonverhältniffe fauber verband, auch nur er-
wünfcht. Aufserdem fahen fich meine Arbeiten reichlich
belohnt durch gar nicht zu verkennende Theilnahme des
Publikums, das kaum glauben wollte, fich noch jener
alten, wunderlichen Mufik, die ihm fchon manche fchwere
Stunde bereitet hatte, gegenüber zu befinden: — kurzum,
Alles trug dazu bei, mich von der Wahrheit meiner
Principien und deren Werth für die Praxis zu überzeugen.
Dafs fich meine Thätigkeit im Allgemeinen mit den
Grundfätzen, denen Mozart's Bearbeitungen folgen, in
Uebereinftimmung befand, konnte ich damals, wo der
Einblick in die Originale noch fehr erfchwert war, kaum
ahnen: erft fpäter nahm ich es nicht ohne Genugthuung

wahr. Wenn ich in diefer Thatfache keinen Zufall er-
blicke, vielmehr eine Nothwendigkeit, die mit der natür-
lichen Befchaffenheit der Vorlagen zufammenhängt, fo
wird mir dies hoffentlich nicht als Anmafsung ausgelegt
werden.

Der Wunfch lag nun nahe, die in Halle gewonnenen
Refultate auch für weitere Kreife nutzbar zu machen.
Bald bot fich Gelegenheit zur Veröffentlichung einiger
Partituren, fo dafs nach und nach folgende Bearbeitungen
erfchienen: Bach's «Magnificat», die Cantaten: «ich hatte
viel Bekümmernifs», «Gottes Zeit ift die allerbefte Zeit»,
«o ewiges Feuer, o Urfprung der Liebe», «die Trauer-
ode» und endlich: «die Matthäuspaffion». Aufserdem:
Händel's «Jubilate», Aftorga's «Stabat mater» und Du-
rante's «Magnificat».

Von fämmtlichen Publicationen verfprach ich mir
rafchen Erfolg — fand mich aber leider fehr getäufcht.
Der Verdacht, dafs die Mehrzahl der Künftler Seb. Bach's
Namen lieber im Munde führe, als dafs ihr die Verbreitung
feiner Werke ernftlich am Herzen läge, fchien fich leider
zu beftätigen. Ueberdiefs mochte man es für unan-
gemeffen halten, fich von einem der Zeitgenoffen in
Dingen vorfchreiben zu laffen, die fich Jeder eben fo gut,
wenn nicht beffer auszuführen getraute.

Dazu gefellte fich noch die unficher taftende Hal-
tung der Tageskritik: ftatt die betreffenden Werke
als Novitäten, welche fie doch im Durchfchnitt für die
Gegenwart waren, aufzufaffen und den lange genug vor-
enthaltenen Nachweis ihres aufserordentlichen Werthes
endlich zu führen, liefs man fie ganz unbeachtet und
nörgelte dafür um fo kleinlicher an meiner Thätigkeit.

Daſs es ſich hier möglicherweiſe um eine Angelegenheit handeln könne, an deren guten oder ſchlechten Austrag das nächſte Schickſal dieſer Werke geknüpft ſei, davon mochten die Herren Recenſenten wohl kaum eine Vorſtellung haben. Dergleichen Arbeiten fielen nach ihrer Meinung in die Kategorie der Arrangements, die ſich ſchon glücklich preiſen durften, wenn man ſie in die kleine Schrift der Muſikzeitungen verwies.

Um aber meine Lage noch zu verſchlimmern, tauchte damals eine Richtung auf, die ſich zwar vorwiegend mit hiſtoriſch-archäologiſchen, die Muſik betreffenden Studien beſchäftigte, jedoch wohl auch gelegentlich die Hand an rein Artiſtiſches legte. Die Koryphäen derſelben traten mit ſtarkem Selbſtgefühl, aber leider nur ſehr mäſsiger Kunſtbegabung auf — deſſenohngeachtet wuſsten ſie ſich, da ſie mit der Feder einen nicht zu unterſchätzenden Einfluſs auf die muſikaliſchen Fachblätter ausübten, rührig zur Geltung zu bringen. Natürlich wurde die Frage, nach welchen Grundſätzen die Bearbeitung älterer Tonwerke gegenwärtig ſtatt zu finden habe, alsbald in den Kreis ihrer Unterſuchungen gezogen — fand ſie auch keine befriedigende Löſung, ſo kam ſie doch wenigſtens in Bewegung. Hinſichtlich des Begleitungsmaterials ging man, wie ſich das hier von ſelbſt verſtand, direkt auf die Darſtellungsmittel der Altvordern, alſo auf das Cembalo und die Orgel, zurück. In dieſem Punkte waren Alle untereinander einig: weniger über die Methode, welcher die ergänzende Thätigkeit zu folgen habe. Während Einige die curioſe Forderung einer «gröſstmöglichen Neutralität der Ausfüllungen» ſtellten, letztere mithin auf das beſcheidenſte Maaſs beſchränkt wiſſen wollten, zeigten sich dagegen Andere minder scrupulös und meinten, man brauche nur eine klare Einsicht in das ABC dieser Sache (der Accompagnementskunst) zu haben, um sich leicht überall selbst helfen zu können; jeder geschickte Musiker, ja jeder musikkundige Dilettant wäre befähigt, den Weg, der hier einzuschlagen sei, ohne langwierige Studien mit Sicherheit zu betreten. Dafs die «gröfstmögliche Neutralität der Ausfüllungen» nothwendig zur Charakterlosigkeit, die «klare Einsicht in das ABC dieser Sache» aber zu offenbaren Leichtfertigkeiten führen müffe, kam dabei nicht weiter in Betracht.

Befonders liefs es sich die Redaktion der «allgemeinen musikalischen Zeitung» angelegen sein, hier die Leitung zu übernehmen und führte dabei eine Sprache, dafs man hätte glauben sollen, sie handle unter ganz bestimmten höheren Vollmachten. Namentlich behielt sie die Gefanginstitute, welche Händel'sche Vocalmusik zur Aufführung brachten, scharf im Auge. Ihre Forderungen befchränkten sich aber keineswegs auf eine treue Wiedergabe der Originale, ebenso energisch wurde auf das hiftorifche Accompagnementsmaterial gedrungen, und zwar fand befondere Gnade, wer sich so eng als möglich den Partituren der «deutfchen Händelgefellfchaft» anfchlofs, deren Redaktion bekanntlich mit der der «allgemeinen musikalifchen Zeitung» zufammenfällt.

Dagegen erfreuten sich die fogenannten «Bearbeitungen» durchaus nicht des Wohlwollens der «allgemeinen musikalifchen Zeitung». Mozart direkt anzugreifen, fchien zwar aus naheliegenden Gründen inopportun, obfchon die Clavierbegleitung der «deutfchen Händelgefellfchaft» zum Alexanderfeft indirekt wenigftens eine eigenthümliche

Kritik des Mozart'fchen Tonfatzes liefert*) — dafür wurde mit Mendelsfohn um fo weniger Federlefens gemacht**), und nun gar das übrige obfcure Gelichter ohne Umftände über Bord geworfen. So liefs fich unfer Blatt noch vor Kurzem***), veranlafst durch ein Referat über die Auf-

---

   *) Als Beifpiel diefer Kritik diene der 2. u. 3. Takt des Ritornells der Sopranarie: „Krieg o Held". Mozart's Tonfatz lautet:

Die Clavierbegleitung der „deutfchen Händelgefellfchaft" bemüht fich, die Mittelftimme etwas melodifcher zu führen und überrafcht uns bei der Gelegenheit mit einem nicht eben wohllautenden Quintenpaar; vielleicht wollte fie auch nur Mozart's verdeckte Quinten ironifch durch offene illuftriren. Uebrigens pafst das g der Mittelftimme hierher wie die Fauft auf's Auge. Man fehe:

   **) Ob Mendelsfohn's Orgelftimme zu „Israel in Aegypten" in Händel's Weife gehalten ift oder nicht, darüber möchte ich mir keine Entfcheidung anmafsen, hinfichtlich der von der „deutfchen Händelgefellfchaft" gelieferten Clavierbegleitung genannten Werkes braucht man fchon weniger zweifelhaft zu fein.

   ***) Jahrgang VI. d. 19. S. 299.

führung des Händel'fchen «Allegro» in der Wiener Singakademie, folgendermafsen vernehmen:

«Hoffentlich wird die Akademie nach diefem ihr
abermals gelungenen Verfuche eine vollftändige Aufführung des «Allegro» zu Wege bringen, wobei wir uns
dem Wunfche des obigen Referenten um Benutzung der
urfprünglichen Orchefterbegleitung (mit Ausfchlufs der
leidigen modernen*) «Bearbeitungen») anfchliefsen, weil
nur dadurch die volle Wirkung verbürgt ift. Was wäre
es anders als barbarifche Gefchmacklofigkeit, wollte man
alte Gemälde neu überpinfeln? Ift es aber in der Mufik
nicht genau daffelbe?»   (Die Red.)

Was die zuletzt aufgeworfene Frage betrifft, fo ift
fie auf das Entfchiedenfte zu verneinen. Es ift keineswegs daffelbe, ein fertiges Gemälde zu überpinfeln, und
die von dem Urheber einer mufikalifchen Compofition
offengelaffenen Lücken nach feinen gegebenen An-
deutungen auszufüllen. Hierüber ift weiter kein Wort zu
verlieren; wohl aber halte ich mich für verpflichtet, den
in obiger Anmerkung enthaltenen Hetzereien, die wahrfcheinlich auch auf meine Bearbeitungen zielen werden
(ja vielleicht gerade auf meine Partitur des «Allegro»,
nach der damals in Berlin eine Aufführung ftattgefunden
hatte, vor welchem Unglück man jetzt Wien zu fchützen
gedachte), mit einigen Bemerkungen entgegenzutreten. Sie
wollen in keiner Weife eine oratio pro domo fein, fondern
beabfichtigen nur die Conftatirung der Thatfache, dafs,
wenn etwa den väterlichen Warnungen der «allgemeinen

---

*) Was mag hier das Wort „modern" zu bedeuten haben? Sind
etwa die Mozart'fchen und Mofel'fchen Bearbeitungen bei der nachfolgenden Verdächtigung ausgefchloffen?

muſikaliſchen Zeitung» Gehorſam geleiſtet würde, zur Zeit noch nicht einmal der Apparat zu Aufführungen irgend eines der gröſseren Vocalwerke Händel's vorhanden ſein dürfte; es ſei denn, man ſuchte dieſe Aufführungen ohne Mitwirkung des Cembalo und der Orgel zu ermöglichen, oder mit dem Riſico einer Improviſation, ſo gut oder ſo ſchlecht ſie der Augenblick eben bringt. — Gelänge es mir übrigens, die ſo ſchnöde behandelten «modernen Bearbeitungen» einigermaſsen zu rechtfertigen und ſie damit wider die Angriffe der «allgemeinen muſikaliſchen Zeitung» in Schutz zu nehmen, ſo würde ich mich ſchon der Sache wegen darüber freuen.

Dieſe Inſchutznahme lieſe ſich z. B. recht wirkſam durch den Nachweis führen, daſs die Verfaſſer der Clavierbegleitungen und Orgelſtimmen, welche die «deutſche Händelgeſellſchaft» bringt, ebenfalls nichts weiter thun, als Händel durch «Bearbeitungen» zu «überpinſeln» — jene Rechtfertigung aber könnte vielleicht am zweckmäſsigſten erzielt werden mittelſt einer ſorgfältigen Prüfung des Tonſatzes, deſſen ſie ſich durchſchnittlich zu bedienen pflegen.

Erſteres wird mit wenigen Worten geſchehen ſein. «Die deutſche Händelgeſellſchaft» edirt nicht allein die Originale, ſondern auch ein von fremder Hand, offenbar für praktiſche Zwecke beſtimmtes und ausgeführtes Accompagnement, durchgehends für Clavier, theilweiſe für Orgel. Eine ſolche Thätigkeit, die oft genug zu perſönlichen Entſcheidungen zwiſchen dieſer oder jener Ausdrucksform nöthigt, fällt aber mit dem zuſammen, was mit dem Worte «Bearbeitung» — ſofern ſie überhaupt die Vorlagen gewiſſenhaft reſpektirt und ſich nicht grund-

lofe Verletzungen derfelben zu Schulden kommen läfst
— bezeichnet wird. Demnach wäre die natürliche Con-
fequenz aus obigen Behauptungen der Redaktion: jede
Ausführung des Accompagnements, wenn fie die Mitwirkung eines Zweiten oder Dritten aus eigenen Mitteln
erfordert, ift eine «barbarifche Gefchmacklofigkeit»; mithin müffen die Clavierbegleitungen und Orgelftimmen der
«deutfchen Händelgefellfchaft» derfelben Beurtheilung
unterworfen werden: — fie begehen ebenfalls die «barbarifche Gefchmacklofigkeit», ältere Kunftwerke mit ihren
Zuthaten «neu zu überpinfeln».

Ueber den zweiten Punkt, über den künftlerifchen
Werth jener Accompagnementsausführungen, kann ich
mich leider auch nur kurz faffen und kaum das Allge-
meinfte zur Befprechung bringen: wollte ich recht nach
Wunfch verfahren und namentlich neben der negativen
Kritik noch eine pofitive üben, fo würde mein Brief leicht
zu einem Folianten anfchwellen.

Wie bereits erwähnt, handelt es fich bei Herftellung
des Accompagnements in erfter Linie um einen Tonfatz,
der, unter fteter Schonung des überlieferten Materials,
den Intentionen des Autors, hier alfo Händel's, nach
Form und Inhalt entfpricht. Es kann nicht oft und nach-
drücklich genug gefagt werden, dafs diefer Tonfatz
das Original ebenfo zu heben und zu fchmücken,
als er es abzufchwächen und zu verunzieren im
Stande ift. Im erften Falle wird er das nur Angedeutete
durch fachgemäfse Ergänzungen zu lebensvoller Geltung
bringen, im letztern verwifcht er fogar die bedeutfamften
Umriffe, weil er fie in Umgebungen verfetzt, die mit
ihrem Wefen im direkten Widerfpruch ftehen. Was hier

nicht wie aus einem Guſſe klingt, muſs ſo lange Ver-
ſuchen unterworfen werden, bis ein derartiges Reſultat
wirklich eintritt: die Möglichkeit dazu iſt aber ſtets
vorhanden. — Das Material, welches zur Darſtellung
der als ſachgemäſs bezeichneten Ergänzungen in Anwendung kommt, ob Orgel, Clavier oder Orcheſter, hat erſt
ſecundäre Bedeutung: die Wahl deſſelben mag füglich
dem Geſchmacke und der Einſicht des Dirigenten über-
laſſen bleiben *).

Prüfen wir alſo dieſes Wichtigſte an den Begleitungs-
formen, die uns die «deutſche Händelgeſellſchaft» in der
32. ihrer Lieferungen bietet. Dieſelbe enthält einen Theil
der italieniſchen Duette und Trios, eignet ſich aber darum
für unſer Vorhaben ganz beſonders, weil hier die Sing-
ſtimmen nur von einem bezifferten Baſſe unterſtützt find,
der ein ſelbſtändigeres Accompagnement bedingt, mithin
einen volleren Blick in die Werkſtatt der reconſtruirenden
Thätigkeit zu werfen erlaubt.

Hoffentlich wird ein Jeder mit mir darin überein-
ſtimmen, dafs Händel's Stil keine Schulfehler: Quinten,
Octaven und wie dergleichen verpönte Dinge ſonſt noch
heiſſen mögen, aufgedrängt werden dürfen; nur wenn ſie
etwa der Zug der Stimmführung unter mildernden Um-
ſtänden mit ſich bringt, oder höhere Gründe für ſie geltend
gemacht werden können, laſſen ſie ſich zur Noth entſchul-
digen. Leider kann der Tonſatz jener 32. Lieferung von
dem Vorwurfe, dergleichen nicht zu rechtfertigende Schul-

---

*) Man wird ſehr wohl thun, die Werthverhältniſſe zwiſchen Ton-
ſatz und Ausführungsmaterial unausgeſetzt im Auge zu behalten; eine
unbefangene Würdigung beider trägt nur zur Klärung der Anſichten, die
bisher über die Behandlung des Accompagnements verbreitet waren, bei. —

fehler in Maſſe gebracht zu haben, ſchwerlich frei ge-
ſprochen werden. Sehen wir uns denſelben genauer an,
wobei es geſtattet ſein möge, mit Notenbeiſpielen, einer
zwar umſtändlichen, dafür aber um ſo anſchaulicheren
Beweisführung, vorzugehen.

Seite 10, in der zweiten Hälfte des vierten Taktes
zeigt ſich zwiſchen Tenor und Baſs das Quintenpaar:

Seite 47, Zeile 3, Takt 1 und 2, Quinten zwiſchen den
beiden äuſseren Stimmen und im Uebergange von einem
Takt zum andern:

Seite 49, Zeile 1, Takt 3, Quinten zwiſchen Alt und Baſs:

Seite 53, Zeile 5, Takt 1—2, Quinten zwifchen Mittelftimme
und Bafs:

Seite 58, Zeile 4, Takt 5, Quinten zwifchen den beiden
äufseren Stimmen:

Seite 61, Zeile 4, Takt 2, der Abwechslung wegen Octaven
zwifchen Tenor und Bafs:

Seite 68, Zeile 4, Takt 2, Octaven zwifchen den beiden
äufseren Stimmen:

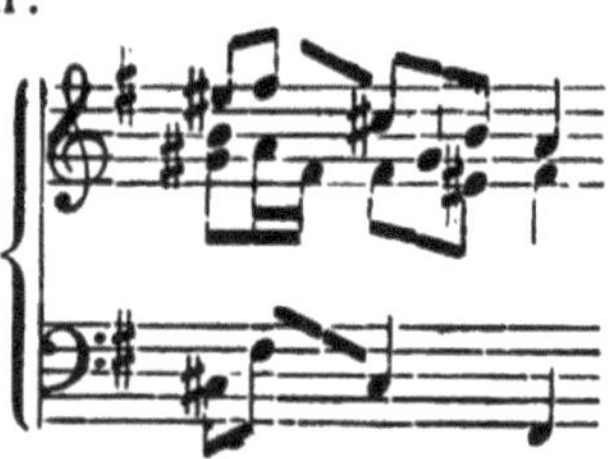

Seite 69, Zeile 4, Takt 2—3, Quinten zwifchen Tenor
und Bafs:

Seite 76, Zeile 4, Takt 2—3, Octaven zwifchen Mittelftimme und Bafs:

Seite 92, Zeile 1, Takt 3, Octaven zwifchen Tenor und
Bafs:

Diefes Contingent fchwerer Verftöfse gegen den reinen
Satz habe ich flüchtig herausgegriffen; mit geringer Mühe
liefse es fich verdoppeln und verdreifachen, wenn man
noch Jagd auf durchgehende, ungleiche oder verdeckte
Quinten und Octaven, die doch ebenfalls ihr Bedenkliches
haben, machen wollte. Dennoch lege ich auf dergleichen
Vorkommniffe fchon darum kein grofses Gewicht, weil
fich ein Jeder durch verftändige Correkturen leicht felbft
helfen kann: angefichts der anderen Eigenfchaften des
Tonfatzes wird das leider erheblichere Schwierigkeiten
haben.

2*

Was läfst fich denn wohl mit contrapunktifchen Füh-
rungen — ich citire nur einige Beifpiele — wie fie Seite
8, Zeile 3 und 4, oder Seite 37, Zeile 2, 3 und 4 an-
zutreffen find, beginnen? Nicht durch inneres Leben
entwickelt fich hier der Clavier-Tonfatz, fondern folgt
höchftens einer mechanifchen Ordnung des Rhythmus.
Darum ftehen auch die Töne fo müde und gleichgültig
nebeneinander — es fehlt eben der fchwungvolle Impuls,
welcher wie mit fataliftifcher Nothwendigkeit einem beftimmten Ziele zutreibt. Diefe drängende Gewalt, die,
wie wir fpäter fehen werden, auf der Gegenfeitigkeit melodifcher, harmonifcher und rhythmifcher Elemente beruht,
ift einer der bedeutfamften Züge des polyphonen Stils —
auch in der Ausführung des Accompagnements wird fie
eine hervorragende Rolle fpielen müffen.

Und, um es nicht mit Stillfchweigen zu übergehen,
wie feltfam contraftiren dergleichen nichtsfagende Gänge
mit den prachtvollen Formen der Händel'fchen Original-
ftimmen! Hier ftrömt es von fprudelnder Lebenskraft
über — dort herrfcht genau das Gegentheil davon.

Was foll man ferner zu der Haltlofigkeit der Stimmführung fagen, von der jede Seite, jede Zeile, ja jeder
Takt beredtes Zeugnifs ablegen? Wird auch die Ausführung des Accompagnements nicht gar zu peinlichen
Forderungen zu unterwerfen fein, fo müffen doch wenigftens überall Spuren von den Gefetzen, nach denen fich
reale Stimmen in künftlerifcher Freiheit unter einander
bewegen, fichtbar werden: die Begleitung der Kammerduette weift fie faft nirgends auf. Bald reproducirt der
Klavierfatz die Singftimmen ohne jede Zuthat — kurz
darauf dämpft er deren flüffige Beweglichkeit durch todte

Klänge wieder ab; in diefem Takte geht es zweiftimmig her, im nächften dreiftimmig, dann plötzlich vier - oder gar fünfftimmig. Seite 76, Zeile 1, Takt 3, fchreitet die Mittelftimme fogar unter den Continuo! Vergebens fucht man nach Gründen, welche dergleichen Erfcheinungen veranlaffen konnten: es herrfcht eben die reine Willkür im Auftreten und Verfchwinden der verfchiedenen Partien.

Aufserdem fcheint man auch der Thatfache, dafs die Tonqualität des Klaviers eine beftimmte Abrundung und Gefchloffenheit der Harmonie verlange, wenig Berückfichtigung gefchenkt zu haben: unaufhörlich wird Auge und Ohr durch verftümmelte Accordformen gemartert, die doch nur eine fpröde Ergänzung in den Singftimmen finden können.

Weiter begegnen wir auf Schritt und Tritt, namentlich in der erften Hälfte der Lieferung, einem Klavierfatze, der den Fingern geradezu vorfündfluthliche Aufgaben zumuthet. So hat der Spieler Seite 42, Zeile 3 und 4, folgendes Tongefpenft vorzutragen:

Das Hinzutreten der rollenden Singftimme wird nur geeignet fein, die Fadenfcheinigkeit der eben mitgetheilten Stelle noch anfchaulicher zu machen.

Das Gegenftück dazu liefert aber die 36. Seite, wo fich der Klavierfatz in knäuelartiger Verwachfenheit ununterbrochen hinfchleppt.

Ferner dürfte die Bemerkung, fo trivial fie auch klingen mag, hier nicht ganz überflüffig fein, dafs fich ein gutes Mufikftück in Bezug auf Wohllaut ftets befriedigend entwickeln mufs. Der Mangel an letzterem ift es aber vornehmlich, wodurch die Ausführung des Accompagnements der Kammerduette glänzt. Unmotivirtes Abfpringen des Leittons — fogar in der Oberftimme — ftechende Verdopplungen alterirter und ftrebender Töne, unfchöne Accordlagen und was dergleichen verletzende Züge mehr find, drängen fich allenthalben, am auffälligften wieder in der erften Hälfte der Lieferung, zu Tage. Mag es immerhin einige Klavierftücke Bach's und Händel's geben, in welchen nicht viel Rückficht auf äufsere Klangfchönheit genommen ift, fo find doch dafür andere Werke von beiden Meiftern vorhanden — und glücklicherweife bilden fie die grofse Mehrzahl — welche nach der Seite hin Nichts zu wünfchen übrig laffen. Diefe hat man fich bei Herftellung einer Klavierbegleitung zum Mufter zu nehmen, nicht aber jene. An welche Vorbilder fich das

Accompagnement der italienifchen Duette durchfchnittlich lehnt, mag nur ein Beifpiel zeigen. Seite 12, Zeile 2, Takt 2, 3 und 4, lefen wir:

Es wird nun keinen Augenblick befremden, wenn derartigen Erfcheinungen gegenüber von einer lebens-vollen Betheiligung des Accompagnements an dem In-halte der Originale, der in den feinften Färbungen überall durchfchimmert, kaum die Rede fein kann. Ein folcher Tonfatz ftellt auch die vollendetften Leiftungen der Sänger in ein bedenkliches Licht und trägt aufserdem fehr dazu bei, jene maffiven, ein gebildetes Ohr zur Verzweiflung bringenden Anfichten über Ausdruck und Vortrag älterer Compofitionen, zu verewigen.

Endlich ift noch zu bedauern, dafs die 32. Liefe-rung der «deutfchen Händelgefellfchaft» keine General-bafsfchrift zu den Duetten gebracht hat. Zwei mir zur Verfügung ftehende alte Handfchriften, für deren Echt-heit ich allerdings nicht bürgen kann, zeigen einen forg-fältig und reich bezifferten Bafs. Sollte das Handexemplar, von dem in dem Vorwort der Lieferung wiederholt die Rede ift, keine Signaturen enthalten? Im Bejahungsfalle wäre es geradezu unverantwortlich, ein fo werthvolles Material ohne weitere Angabe der Gründe den Kammer-duetten entzogen zu haben, da es allein eine gewiffenhafte Controle des Satzes ermöglicht und überdiefs den Werken Händel's zugehört. —

Weit bin ich nun von der Annahme entfernt, dafs die, welche fich mit der Ausführung des Accompagnements der italienifchen Duette und Trios befafsten, nicht im Stande gewefen wären, einen wohlthuenderen Tonfatz zu fchreiben. Wurde ein folcher nicht geliefert, fo wird man wohl fchwerlich fehlgreifen, wenn theils die Grundfätze, welche die Redaktion der «allgemeinen mufikalifchen Zeitung» gelegentlich über das A B C der Accompagnementskunft verlauten liefs, theils gewiffe Anfichten über die Kunftmaximen vergangener Zeiten verantwortlich gemacht werden. Meinen Ueberzeugungen in Betreff diefer wichtigen Angelegenheit wurde bereits in der Vorbemerkung zu den von mir herausgegebenen Händel'fchen Opernarien Ausdruck gegeben; da fie bisher zwar todtgefchwiegen, nicht aber widerlegt worden find, werden Sie es mit mir ganz zweckmäffig finden, fie hier wiederholt zu fehen. Es heifst dort: «Schliefslich kann es doch nur darauf ankommen, eine einmal gegebene Aufgabe künftlerifch, das heifst mit künftlerifchem Formenfinn, mit künftlerifcher Freiheit, wo möglich mit künftlerifchem Erfolge, alfo durch Herftellung eines einheitlichen, organifch entwickelten Ganzen zu löfen. Nur fo können, wie auch Kritiker und Hiftoriker über die berührten Fragen denken mögen, jene vergeffenen Werke wieder in ihr Recht eingefetzt werden. Diejenigen, die gegen folches Unterfangen Bach's und Händel's Geifter aufrufen, haben ihnen die Lippen zu löfen nicht vermocht und ihnen nur die eigene Weisheit in den Mund legen können.»

Man wird nun vielleicht den Einwand erheben: «die

32. Lieferung repräfentirt ja nur einen kleinen Theil des grofsen Unternehmens der «deutfchen Händelgefellfchaft» — die Ausführung des Accompagnements jenes Bandes mag, wir geftehen es fchon zu, ihre Schwächen haben; dafür bleibt uns noch eine lange Reihe anderer Lieferungen, deren Klavierbegleitungen doch hoffentlich mehr künftlerifchen Werth beanfpruchen können.»

Da es gegenwärtig nicht in meiner Abficht liegt, eingehendere Unterfuchungen über diefen Punkt anzuftellen, fo halte ich mein Urtheil zurück. Die aufserordentlichen Verdienfte, welche fich die Hauptredaktion der erwähnten Gefellfchaft, der anzugehören ich mir zur grofsen Ehre anrechne, fonft noch um Händel und die correkte Herftellung feiner unfterblichen Werke erworben hat, find fo über allem Zweifel, dafs fie gar nicht hoch genug in Anfchlag gebracht werden können. Diefe Ueberzeugung darf mich jedoch nicht abhalten, wider Principien aufzutreten, die nicht die Ausgabe felbft, fondern nur deren Accidenz betreffen und mir geeignet fcheinen, den ungetrübten Genufs an des Meifters Schöpfungen in Frage zu ftellen.

Die Redaktion der «allgemeinen mufikalifchen Zeitung», ftatt die gelegentlichen Bearbeitungen Anderer, die doch auch nur auf Verbreitung Händel'fcher Kunft gerichtet find, bei jeder Veranlaffung zu verunglimpfen, hätte aber beffer gethan, energifch auf die Tilgung offenbarer Mängel der Klavierbegleitungen einer monumentalen Ausgabe, die ja ftets den höchften Anforderungen nach allen Seiten hin zu entfprechen hat, hinzuwirken.

Uebrigens ift das grollende Eifern wider «leidige Bearbeitungen» auch darum ungerecht, weil ihrer Vermittlung es hauptfächlich zu danken ift, dafs fich eine Anzahl Händel'fcher Oratorien in Deutfchland einbürgerten: ich erinnere dabei nur an den Meffias. Selbft Mofel's Arbeiten, fo wenig ich deren Rückfichtslofigkeiten in Schutz nehmen mag, haben, man fträube fich dagegen wie man wolle, darauf nur fegensreich hingewirkt. Dafs die unbearbeitet gebliebenen Oratorien Händel's — ich führe nur die Meifterwerke: Herakles, Semele, Sufanna und Theodora an — bisher fo ziemlich ignorirt worden find, ift leider eine Thatfache, die gar nicht in Abrede geftellt werden kann. Das Gegentheil davon möchte aber wahrfcheinlich nicht früher eintreten, als Bearbeitungen im Geifte Mozart's und Mendelsfohn's zur Benutzung vorliegen. Sollte ich mich hierin getäufcht haben, fo wird mir ein Widerruf gewifs nicht fchwer auf's Herz fallen. —

Nach diefen Abfchweifungen, die jedoch im Intereffe der Sache nicht zu vermeiden waren, kehre ich zu meinen eigenen Angelegenheiten zurück.

Das vornehm ablehnende Verhalten der Kunftgenoffen, der kleinliche Widerfpruch der Tageskritik, endich die aufreizenden Verdächtigungen der Hiftoriker — Alles dies trug dazu bei, dafs in kurzer Zeit mancherlei fchielende Urtheile über meine Arbeiten in Umlauf kamen, die mich dem Publikum entfremden und damit der kaum begonnenen Thätigkeit ftörend in den Weg treten mufsten.

Da fpielte mir ein glücklicher Zufall die bereits erwähnten Händel'fchen Opernarien in die Hände, die meiner Lieblingsbefchäftigung, neuen Auffchwung gaben. Sie ftanden in einem alten englifchen Sammelwerke: «Apollo's Feaft», das die Partituren einiger 400 Nummern derfelben enthielt. Mit geringen Erwartungen — Händel's Opern waren ja fehr übel beleumundet — warf ich einen Blick auf die vergilbten Blätter, prallte aber wie geblendet zurück, als ich mich plötzlich einer lyrifch-dramatifchen Mufik gegenüber befand, nach der ich mich fchon feit Jahren vergebens gefehnt hatte. Hier zeigten fich nicht einmal Spuren von jenen Aeufserlichkeiten, die mit einer energifch fortfchreitenden Action unzertrennlich verbunden zu fein fcheinen, vielmehr war der Schwerpunkt in die pfychologifche Charakteriftik der auf die Bühne geftellten Perfönlichkeiten verlegt. Unter folchen Umftänden konnte aber die Mufik ihre ganze Macht ungehemmt entfalten und fie trug denn auch redlich das Ihrige dazu bei, jenen innerlichen Proceffen einen kaum geahnten Ausdruck zu geben. Trotz der unfcheinbaren Formen, in denen fich die meiften Arien darftellten, pulfirte in jeder Note reiches, individuelles Leben, das nur darauf zu warten fchien, fich mittelft einer angemeffenen Ausführung zu noch vollerer Plaftik zu erheben.

Ohne einen Augenblick zu zaudern, befand ich mich wieder in Thätigkeit, die fich zunächft auf die Herftellung eines Tonfatzes für Klavier richtete, der fpäter, wenn fich überhaupt ein Bedürfnifs dazu herausftellte, ohne Schwierig-keiten für Orchefter ausgearbeitet werden könnte.

So wurden denn in rafcher Folge je 12 Sopran- und Altarien fertig, denen fich weiter 12 Duette anfchloffen — wie Sie wiffen, find diefe drei Sammlungen bereits im Druck erfchienen.

Ueber die mufikalifche Bedeutung derfelben kann ich mich hier nicht verbreiten, weil dies ganz aufserhalb der Aufgabe liegen würde, die ich mir geftellt habe — es genüge die Bemerkung, dafs es fich auch bei ihnen um

Händel's hohe Kunft handelt. Diefe weifs aber ftets in das Centrum der Dinge zu dringen: darum giebt fie im Befondern zugleich das Allgemeine, im Individuellen das Generelle — auf Leiftungen folcher Art ruht aber die Weihe der Poefie, in ihnen gewinnt die hehre Göttin gleichfam körperliche Geftalt.

*   *   *

Obfchon mein Brief an diefer Stelle eigentlich fchliefsen follte, da er den Verlauf meiner Bemühungen um Bach'fche und Händel'fche Werke bis auf die Gegenwart herabgeführt hat, erlaube ich mir demohngeachtet noch einige Notizen, die zunächft das Material betreffen, deffen man fich zur Darftellung jenes aus den Bafsbezifferungen gezogenen Tonfatzes zu bedienen haben wird, dann aber auch vielleicht als Ergänzungen zu dem bereits Ausgeführten betrachtet werden können.

Die Redaktion der «allgemeinen mufikalifchen Zeitung» äufsert fich hinfichtlich jenes Materials (Jahrg. 4, Nr. 23, S. 183) folgendermafsen: «Jene «lückenhaften Stellen» find durch Klavier und Orgel, und im Händel'fchen Geifte nur durch Klavier und Orgel auszufüllen; alle Verfuche mit Surrogat-Inftrumenten *) (und Niemand hat derartige Verfuche öfter und unbefangener angeftellt, als der Herausgeber) haben

---

*) In der „allgemeinen mufikalifchen Zeitung" wird häufig Klage geführt, dafs eine Verftärkung der Inftrumentation nur dazu dienen könne, Händel's Originalfatz zu erdrücken und zu verdunkeln. Gefetztenfalls, man brächte bei einer Aufführung des „Salomo" oder des Dettinger „Te deum" die von der „deutfchen Händelgefellfchaft" gelieferten Orgelftimmen in Anwendung, was würde da wohl von jenem überhaupt noch zu hören fein?

Nichts gelehrt, als dafs keine andere befriedigende Löfung hier möglich ift.»

Mit einer folchen Behauptung wird nun gar Nichts bewiefen, wohl aber ift fie ganz geeignet, die Anfichten in Betreff diefer Frage noch mehr zu verwirren, als fie es fchon ohnehin find. In Halle habe ich ebenfalls häufige und unbefangene Verfuche angeftellt, um über das zweckmäfsigfte Accompagnementsmaterial ins Klare zu kommen. Nach meinem Dafürhalten wirkten die Formen am meiften befriedigend, welche ich oben bei Gelegenheit der Einrichtung meiner Partituren befprochen habe. Diefe Ueberzeugung dränge ich jedoch Keinem auf und werde mich fehr hüten, ihr eine abfolute Geltung beizumeffen. Sollte fich nun gar der doch nicht unmögliche Fall beftätigen, dafs man bei jenen «öfteren und unbefangenen Verfuchen» dem Orchefter einen ähnlichen Tonfatz, wie er in den Klavierbegleitungen der «deutfchen Händelgefellfchaft» durchfchnittlich angetroffen wird, aufgebürdet habe, fo müffen allerdings merkwürdige Klangeffekte zu Gehör gekommen fein: einen derartigen Stil vertufcht wohl das farblofe Klavier, nicht aber ein auf Selbftftändigkeit Anfpruch machender Inftrumentalchor. Wenn letzterer nicht für polyphone Formen herangezogen wird, wirkt er nur als Farbentopf, der freilich Bach's und Händel's inhaltsvoller Mufik gegenüber übel genug angebracht wäre.

Dergleichen Erwägungen führen aber wie von felbft dazu, die alte Frage hier aufzuwerfen: wann find Töne von Inhalt erfüllt, wann find fie es nicht? Gern geftehe ich ein, mich einer Löfung derfelben nicht gewachfen zu fühlen, kann es aber doch nicht unterlaffen, einige cha-

rakteriftifche Merkmale, die im Durchfchnitt an ftreng
geführten Stimmen beobachtet werden können, einzu-
fchalten: vielleicht trägt es dazu bei, etwas Licht über
jenes dunkle Problem zu verbreiten. Ueberdiefs fordert
die mufikalifche Produktion der gegenwärtigen Epoche
dazu heraus, die Aufmerkfamkeit wieder auf Erfcheinungen hinzulenken, deren Werth ebenfowenig zu beftreiten
ift, als fie mehr und mehr in Vergeffenheit zu gerathen
drohen.

Jede gut geführte Stimme wird fich durch befondere
melodifche, harmonifche und rhythmifche Eigenfchaften
auszuzeichnen haben. Durch melodifche, fofern fich ihre
Intervallfortfchritte als natürlich und wohlthuend dar-
ftellen; durch harmonifche, fofern diefe Intervallfortfchritte
die zu Grunde liegenden Accordfolgen nicht allein an-
deuten, fondern in fafslicher Entwickelung beftimmt aus-
führen; endlich durch rhythmifche, fofern fich die Bewegung jener melodifch-harmonifchen Formen in charaktervoller, wo möglich fymmetrifcher Gliederung vollzieht.
Sehr deutlich laffen fich dergleichen Grundzüge an den
fogenannten Hauptftimmen, alfo an Fugenthemen, oder
an den Motiven gröfserer Tonfätze — ich habe dabei
Haydn's, Mozart's und Beethoven's Sinfonieen, Quartette
u. f. w. zunächft im Auge — wahrnehmen. Letztere Tonwerke ftehen unferer Zeit näher und qualificiren fich daher befonders für die beabfichtigten Unterfuchungen.
Prüfen wir jene Eigenfchaften an dem erften beften Haupt-
motive, z. B. an diefem Thema der zweiten Beethoven'-
fchen Sinfonie:

Wem leuchten nicht fofort die Vorzüge diefes Stoffes nach jenen drei Seiten hin ein? Als Melodie feffelt er durch natürliche und wohlthuende Führung der Intervallfortfchritte, deren Plaftik fich alsbald unwiderftehlich einprägt; als auseinandergelegte Harmonie ftellt er den Dreiklang der Tonika dar; als Rhythmus endlich läfst er an charaktervoller, fymmetrifcher Gliederung gar Nichts zu wünfchen übrig. Demnach vereinigt er in fich die Quinteffenz fämmtlicher Elemente, durch welche fich die Mufik zum verftändlichen Ausdruck erhebt und wirkt defshalb auch ohne weitere Zuthat vollkommen befriedigend. Wefentlich wird aber feine Bedeutung noch dadurch gefteigert, dafs er den gröfsten Einflufs auf die melodifche, harmonifche und rhythmifche Entwickelung des Tonftücks, dem er zu Grunde gelegt wurde, ausübt. Wie die Skizzenbücher beweifen, hat Beethoven dies Motiv erft nach und nach zu einer folchen Prägnanz herausgearbeitet: er war fich völlig darüber klar, was es mit der Motivbildung in Bezug auf jene drei Eigenfchaften für eine Bewandtnifs habe. —

Ganz ähnliche Erfcheinungen können auch an den meiften Grundthemen der Haydn'fchen und Mozart'fchen Inftrumentalwerke wahrgenommen und nachgewiefen werden.

Was foeben über dergleichen charakteriftifche Eigenfchaften der «Grundmotive» bemerkt wurde, trifft vielleicht in noch höherem Grade bei jedem guten Fugenthema zu: Bach's Orgelfugen und die Fugen des wohltemperirten Klaviers bieten eine Fülle muftergültiger Beifpiele. Nur

eins derselben, das fchöne Thema einer Orgelfuge in
Gmoll, fchreibe ich hier nieder und überlaffe Jedem, das-
felbe hinfichtlich der oben bezeichneten Punkte näher zu
unterfuchen:

Verfteht es fich nun auch von felbft, dafs man vornehmlich die Hauptftimmen mit allem Glanze melodifcher,
harmonifcher und rhythmifcher Vorzüge auszuftatten fuchte,
fo wurden doch, im ftrengen Stil wenigftens, die Nebenftim-
men ebenfalls diefen Gefetzen gemäfs durchgebildet. Abgefehen von dem gefteigerten Ausdruck, den das kunftreiche
Zufammenwirken fo befchaffener Stimmindividualitäten dem
Tonftücke verlieh, war dies noch aus technifchen Gründen geboten: wie bekannt, fpielt die Verfetzung der Stimmen in der polyphonen Schreibart eine fehr wichtige
Rolle — was alfo unter Umftänden die diftinguirtefte
Stellung einzunehmen berufen ift, mufs nach allen Seiten
höheren Anfprüchen zu genügen wiffen.

Dabei darf freilich nicht verfchwiegen werden, dafs
auch die gröfste Gewiffenhaftigkeit in Erfüllung diefer
Vorfchriften allein nicht ausreicht, künftlerifchen Erfolg
zu erzielen: manches Tonftück fieht recht gut aus, klingt
aber dennoch herzlich fchlecht. Ift nicht das Einzelne
wie das Ganze von geifterfülltem Leben getragen, fo
dürfte die Vollendung der Form eher verftimmend als
wohlthuend berühren. Worin nun der Kern diefes geift-

erfüllten Lebens beftehe, gehört zu den geheimnifsvollen
Fragen, die fich, wie alle letzten Gründe, jeder Unter-
fuchung entziehen — dergleichen kann eben nur gefühlt,
nie begriffen werden. —

Niemand wird einen Augenblick darüber zweifelhaft
fein, dafs die Mehrzahl der Bach'fchen und Händel'fchen
Compofitionen auf einer Technik wie die, deren äufsere
Signatur ich zu fchildern verfuchte, bafirt ift. Diefelbe
waltet aber nicht allein in den von ihnen wirklich ausgeführten Tonftücken, fondern erftreckt fich ebenfo über die
Stellen, welche dem Accompagnement überlaffen blieben.
Eine derartige Behandlung verlangt zunächft die Einheit
des Stils, deffen reizbare Empfindlichkeit ftörende Unter-
brechungen am allerwenigften verträgt — aufserdem die
ganze Anlage der Skizzen. Alles entfaltet fich hier in
Intervallfortfchritten, die von melodifchen und harmo-
nifchen Elementen förmlich überftrömen — fchon aus
diefem Grunde ift eine ftete Rückfichtnahme auf Principien, die vom Wefen der Polyphonie nun einmal nicht
zu trennen find, unerläfslich.

Daraus erklärt fich denn auch, wie der Hinzutritt
homophoner Bildungen jene Ausdrucksformen nur unan-
gemeffen durchkreuzen kann und höchftens ausnahms-
weife am rechten Orte fein wird.

Wer mit der Technik der ftrengen Schreibart einigermafsen vertraut ift, erkennt fchon aus der Führung des
Grundbaffes, von welcher Befchaffenheit die ergänzenden
Zuthaten etwa fein müffen: durchfchnittlich werden fich
diefe Anzeigen felten als trügerifch erweifen.

So viel fteht jedoch feft, dafs man mit der blofsen
Kenntnifs der Regeln des Generalbaffes, wie fie nament-

lich von den Compendien der neueren Harmonielehren im Orakelton der Welt verkündet werden, bei der Ausführung des Accompagnements älterer Tonwerke fchwerlich durchkommen wird. Hier hat man fich den Gebräuchen, die zu ihrer Entftehungszeit an der Tagesordnung waren, möglichft anzufchliefsen, um zu erfreulicheren Refultaten gelangen zu können. Diefen Gebräuchen gemäfs erblickte man damals in den Accorden weniger ftreng von einander gefchiedene, auf fich felbft bezogene Körper, die nach beftimmten Vorfchriften gegenfeitig in Verbindung gebracht worden wären — man fafste fie vielmehr als freies Produkt einer kunftreichen Stimmbewegung auf: indem die melodifch geführten Contrapunkte fich momentan berührten, erzeugten fie harmonifche Reihen, deren fchwebende Schönheit einen unausfprechlichen Zauber ausübte.

Freilich ift die Behandlung einer folchen Setzart mit mancherlei Schwierigkeiten verknüpft; wer fich diefen nicht gewachfen fühlt, wird die alten Kunftwerke am meiften ehren, wenn er fie mit feinen Bearbeitungen unbehelligt läfst. So wurde z. B. meine Feder fehr vielen Compofitionen Bach's gegenüber fchon längft zur Ruhe verwiefen. —

Mozart und Mendelsfohn *) erkannten nun klar genug, welcher Stil bei der Ausführung des Accompagnements hauptfächlich in Anwendung zu bringen fei **); ihrem

---

*) Auf die Orgelftimme zu „Israel in Aegypteu" beziehe ich mich hier nicht, wohl aber auf Mendelsfohn's Bearbeitung diefes Oratoriums für Orchefter.

**) Wem fiele hier nicht Mozart's herrliche Bearbeitung der Bafsarie aus dem Meffias: „Das Volk, fo im Dunkeln wandelt", ein? Um

Vorgange wird man unbedingt folgen dürfen, nicht darum,
weil fie für uns Autoritäten fein müfsten, fondern weil die
Erfahrung lehrt, wie tief fie diefen Dingen auf den Grund
fchauten. Namentlich verlangen Bach's fo wunderbar ge-
zeichnete Skizzen faft immer eine polyphone Führung der
Stimmen, die feinem aufserordentlichen Combinations-
vermögen ein natürliches Bedürfnifs gewefen zu fein
fcheint; aber auch Händel's plaftifchere Formen bedingen
fie, obfchon mit den ihrem Wefen angemeffenen Be-
fchränkungen.

Sollen jedoch dergleichen Arbeiten einige Ausficht
auf Erfolg haben, ift es durchaus nothwendig, dafs die
reconftruirende Thätigkeit auf einer wirklich produktiven
Kraft, wäre fie auch noch fo eng begränzt, ruhe; aufserdem mufs fie dem Geifte, der in den Vorlagen herrfcht,
gewiffermafsen verwandt fein, weil fonft eine bedenkliche
Zwiefpältigkeit des Stils kaum ausbleiben kann. Unter
der Vorausfetzung folcher Qualitäten wird aber die Bearbeitung ftets eine beftimmte Phyfiognomie, das noth-
wendige Ergebnifs jeder individuellen Auffaffung, anneh-
men. Je nachdem diefe ausfällt, hat jene, die Bearbeitung,
ihre gute Berechtigung, oder ift als eine hinfällige zu bezeichnen. Das fogenannte hiftorifche Reproduciren dürfte
fich in der Kunft nur als ein leeres Hirngefpinnft erweifen, dem eben das Befte fehlt: Fleifch und Blut.

---

fich den Werth einer Bearbeitung zum deutlichen Bewufstfein zu bringen,
dürfte es gerathen fein, auf dergleichen Leiftungen gelegentlich hinzu-
weifen, felbft auf die Gefahr hin, fich nicht in Uebereinftimmung mit
der Meinung des berühmten Verfaffers von: „über Reinheit der Ton-
kunft" zu befinden.

In der Mehrzahl der mir bekannt gewordenen Bearbeitungen — von den Mozart'schen und Mendelsfohn'schen ist hier natürlich nicht die Rede — vermifst man nun eine Begabung in jenem Sinne recht fehr: darum find fie denn auch meift trocken und nüchtern; die Verfaffer fcheinen fich überhaupt wenig Sorge zu machen, ob ihre Zuthaten den Stimmungen der Vorlagen congruent find oder nicht. Ueberall fticht die Ausfüllung der Lücken unvortheilhaft von dem übrigen Satze ab: während diefer in blühendem Leben ftrahlt, bietet jene nur eine mechanifche Anhäufung von Accorden, die in theilnahmlofer Trägheit neben einander ftehen und weder mit der Singftimme noch mit dem Baffe in gefchmeidige Verbindung zu bringen find. Mögen auch die Bearbeiter vom beften guten Willen befeelt gewefen fein, durch ihre Ausführungen den Originalen zu dienen — der gute Wille, felbft wenn er von den idealften Anfchauungen getragen wäre, kann nun und nimmermehr für Leiftungen ausreichen, wie fie hier verlangt werden müffen.

Bedenkt man endlich, dafs Bach und Händel ftets als Tondichter, und zwar im eminenteften Sinne des Wortes, aufzufaffen find, fo vermehren fich damit die Schwierigkeiten einer Bearbeitung jedenfalls in hohem Grade. Ihren Werken wird nur gerecht werden, wer ihnen mit der beftimmten Vorausfetzung nahet, dafs fie in allen Theilen von der geheimnifsvollen Macht eines poetifchen Tonlebens durchdrungen find. Beide Meifter unter anderen Geftchtspunkten begreifen zu wollen, würde ficher zu der Gefahr führen, fich mehr und mehr von ihren wirklichen Abfichten zu entfernen.

* * *

Diefe weit ausgefponnenen Mittheilungen könnten nun bei Ihnen leicht den Verdacht erwecken, als hege ich im Stillen den vermeffenen Glauben, der **Mann** zu fein, deffen Leiftungen den obengeftellten Forderungen auf das Befte entfprächen und dafs nur in ihnen wahres Heil zu finden fei. Damit würden Sie mir aber entfchieden Unrecht thuen. Stärker und beftimmter kann das Gefühl der eigenen Unzulänglichkeit fo fchwierigen Aufgaben gegenüber kaum an Jemand herangetreten fein, als es bei mir oft genug der Fall war. Die vielen Irrthümer — freilich mufste ich fie meift felbft an mir aufdecken, ohne dabei von der Kritik unferer Fachblätter irgendwie unterftützt zu werden — konnten ebenfalls nur dazu beitragen, jenes Gefühl wefentlich zu erhöhen. So hatte ich mich bei früheren Bearbeitungen für Klavier, wenn ich mir durchaus nicht zu rathen und zu helfen wufste, durch leichte Abänderungen an den Originalen verfündigt — fpäter, als das Orchefter mit herangezogen wurde, fand ich keine Veranlaffung mehr, bei diefen fatalen Auskunftsmitteln einer mangelhaften Einficht zu beharren. Es koftet mir nicht die geringfte Ueberwindung, dies hier in aller Freimüthigkeit zu bekennen, auch hoffe ich immer in der Lage zu fein, reiferen Erfahrungen dadurch die Ehre zu geben, dafs ich ihnen das Recht einer nachfichtslofen Kritik, am allermeiften den eigenen Handlungen gegenüber, einräume: nur auf diefe Weife kann ja der Menfch im erträglichen Gleichgewicht mit fich felbft bleiben. — Dafs ich der Mängel aber allmählich inne wurde und fie mit der Zeit vermeiden lernte, gab mir ftets von Neuem den Muth, in meinen Arbeiten unbeirrt fortzufahren — jede Correktur, die ich an mir felbft vollzog, verfprach ja den Werken zu Gute zu kommen, für welche mir kein Opfer grofs und fchwer genug zu fein dünkte.

Einer ähnlichen Stimmung gab ich bereits in der Vorbemerkung der von mir bearbeiteten Bach'fchen Matthäuspaffion Ausdruck; erlauben Sie, mit den dort gebrauchten Worten diefen Brief fchliefsen zu dürfen:

«Sonft bin ich weit entfernt zu glauben, allen Anfprüchen, die von ganz verfchiedenen Standpunkten aus erhoben werden, gleichmäfsig entfprochen zu haben, hoffe aber die gebotene Löfung des gegebenen Problems nicht unwefentlich durch meine Arbeit gefördert zu fehen. In diefem Sinne werde ich ftets bereit fein, ähnlichen Verfuchen, denen es gelingt, dem erftrebten Ziele noch näher zu kommen, meine freudige Zuftimmung nicht zu verfagen, und jeder Kritik, die fich in folch pofitiver Weife zu bethätigen weifs, mich willig unterzuordnen.»

Halle a/S. d. 1. Juli 1871.

Robert Franz.

Johann Sebastian Bach's Vocalwerke

in Bearbeitungen von Robert Franz

im Verlage von

F. E. C. Leuckart (Constantin Sander) in Leipzig.

ACTUS TRAGICUS.
„Gottes Zeit ist die allerbeste Zeit."

Cantate von Johann Sebastian Bach,

bearbeitet von **Robert Franz.**

Partitur 2 Thlr.   Orchesterstimmen 2 Thlr.   Chorstimmen 14 Sgr.
Clavier-Auszug 1 Thlr.

Hieraus einzeln im Clavierauszug: Arie: „In deine Hände befehl' ich meinen Geist" für Alt 5 Sgr.

Ich hatte viel Bekümmerniss.

Cantate von Joh. Sebastian Bach,

bearbeitet von **Robert Franz.**

Partitur 4 Thlr.   Orchesterstimmen $4^1/_3$ Thlr.   Clavier-Auszug: A. Grosse Ausgabe in 4. 2 Thlr. B. Handausgabe in 8. 15 Sgr.   Chorstimmen 1 Thaler.

Hieraus einzeln im Clavierauszuge:

1. Arie: „Seufzer, Thränen, Kummer, Noth" für Sopran 5 Sgr.
2. Recitativ und Arie: „Bäche von gesalznen Zähren" für Tenor 6 Sgr.
3. Recitativ und Duett: „Komm, mein Jesu, und erquicke" für Sopran und Bass 20 Sgr.
4. Arie: „Erfreue dich, Seele, erfreue dich, Herze" für Tenor 6 Sgr.

O ewiges Feuer, o Ursprung der Liebe.

Cantate von Johann Sebastian Bach.

bearbeitet von **Robert Franz.**

Partitur $1^2/_3$ Thlr.   Orchesterstimmen $3^1/_2$ Thlr.   Clavierauszug A. Grosse Ausgabe in 4. 1 Thlr. B. Handausgabe in 8. $12^1/_2$ Sgr.   Chorstimmen 10 Sgr.

Verlag von F. E. C. Leuckart (Constantin Sander) in Leipzig.

Magnificat in Ddur

von

Johann Sebastian Bach,

bearbeitet von Robert Franz.

Vollständige Partitur 3²/₃ Thlr. Orchesterstimmen 3²/₃ Thlr. Orgel-stimme 20 Sgr. Chorstimmen 18³/₄ Sgr. Clavierauszug: A. Grosse Aus-gabe in 4. 2¹/₂ Thlr. B. Handausgabe in 8. n. 15 Ngr.

Hieraus einzeln im Clavierauszuge:

1. Arie: „Et exultavit spiritus meus" für Sopran . . . . 5 Sgr.
2. Arie: „Quia respexit humilitatem" für Sopran . . . . . . 5 Sgr.
3. Arie: „Quia fecit mihi magna" für Bass . . . . 5 Sgr.
4. Duett: „Et misericordia a progenie" für Alt und Tenor . . 5 Sgr.
5. Arie: „Deposuit potentes" für Tenor . . . . 6 Sgr.
6. Arie: „Esurientes implevit bonis" für Alt . . . . 5 Sgr.

Johann Sebastian Bach's Cantaten

im Clavierauszuge bearbeitet von Robert Franz.

Neue billige Ausgabe.

Nr. 1. Es ist dir gesagt, Mensch, was gut ist 1¹/₃ Thlr.
„ 2. Gott fähret auf mit Jauchzen . . . . 1 „
„ 3. Ich hatte viel Bekümmerniss . . . . 2 „
„ 4. Wer sich selbst erhöhet. . . . . . 1 „
„ 5. O ewiges Feuer, o Ursprung der Liebe 1 „
„ 6. Lobet Gott in seinen Reichen . . . 1¹/₃ „
„ 7. Wer da glaubet und getauft wird . . 1 „
„ 8. Ach wie flüchtig, ach wie nichtig . . 1 „
„ 9. Freue dich, erlöste Schaar. . . . . 1¹/₃ „
„ 10. Gottes Zeit (Actus tragicus) . . . . 1 „

(Die Chorstimmen zu diesen Cantaten sind in demselben Verlage erschienen und in jeder beliebigen Anzahl zu beziehen.)

Druck von C. Grumbach in Leipzig.